달을 삼킨 바다

달을 삼킨 바다

초판 1쇄 인쇄일 2018년 2월 2일
초판 1쇄 발행일 2018년 2월 9일

글   남 안젤라
그 림 남 엘리사벳
펴낸이 양옥매
디자인 표지혜
교 정 조준경

펴낸곳 도서출판 책과나무
출판등록 제2012-000376
주소 서울특별시 마포구 방울내로 79 이노빌딩 302호
대표전화 02.372.1537   팩스 02.372.1538
이메일 booknamu2007@naver.com
홈페이지 www.booknamu.com
ISBN 979-11-5776-526-3(03810)

이 도서의 국립중앙도서관 출판시도서목록(CIP)은 서지정보유통지원 시스템
홈페이지(http://seoji.nl.go.kr)와 국가자료공동목록시스템
(http://www.nl.go.kr/kolisnet)에서 이용하실 수 있습니다.
(CIP제어번호 : CIP2018003131)

달을 삼킨 바다

당신에게 건네는   남안젤라 시집   따뜻한 위로의 시

책과나무

햇볕 따뜻했던 지난해 여름
윤달이 5월에 들어 있어서 날이 더 좋았다.

생일도 음력 5월인 친정아버지 납골을 이전했다.
19년을 그늘지고 추운 곳에 계시다가
성당 내에 있는 납골당으로 모셨다.
우리 4형제는 김밥도 싸고 과일도 준비하고
마치 아버지와 소풍을 가듯 즐겁고 행복했다.

그날 저녁 집으로 돌아와
아버지를 생각하며 글을 쓰다가 얼마나 울었는지 모른다.
글 속에서 절제하려 노력했지만
한 사람의 일생을 짧은 글로 표현한다는 게 얼마나 어리석은지…
나 자신 발가벗은 몸을 들킨 듯 부끄러울 따름이다.

그래도 용기를 내서 출판을 결심하게 된 것은
보고 있으면 마음이 따뜻해지는 언니의 그림과
아직은 정신 건강한 울 엄니 민 여사를 위해서다.

세상에 많은 부모들이 그렇게 사시지만
고생만 하시다가 고향에도 못 가 보고 돌아가신
친정아버지께 바치는 글이다.

어느 한 구절 마음에 닿아 코끝이 시큰해진다면
더 이상 바람이 없다.

시간이 멈춘 듯 바람 한 점 없는 새해 오후에
2018. 1. 10

목 차

비 오는 날

2017. N. Kyoung-Soon

나는 소나기가 좋다

한바탕 퍼붓고는 언제 그랬냐는 둥

생긋 웃어 버리고 마는 빨간 머리 앤 같기도 하고

운동 후 들이키는 한 잔의 맥주와도 같다

그러다가 어느 동네에 무지개라도 걸리면

내 마음은 어린 왕자가 된다

하루 종일 죽죽 내리는 장대비도 좋다
생철 지붕 위로 떨어지는 빗소리는 마치
난타 연주를 듣는 것처럼 신이 난다
어린 시절 우물가에 홀로 앉아 장독대 위로 쏟아붓는 비를
온종일 물끄러미 바라본 기억이 난다

엄마를 기다린 것 같기도 하고
마루 밑에 강아지가 자고 있어서 그런 것도 같다
가둬 놓은 오리가 언제 나왔는지
우물가 양동이를 건드려서 사방이 시끄러워지는 바람에
상념이 깨어 버리곤 했다

지금은 황사비 온다 산성비 온다 해서 비 맞을 일이 없지만
그때는 비 오는 것도 비 맞는 것도 참 좋아했다
문득 비처럼 시원한 청량제 같은 친구가 보고 싶다
친구야, 비 온다

한여름

안마당 웅크린 작은 가슴으로
난초 잎 틈새 태어난 이슬은
구름이 떨구고 간 새벽의 여운인가

자그만 여름의 창은 열리고
속살 깊이 스며드는
풋풋한 풀 내음에
밭두렁 아가씨 마음이 설레인다

여름의 문턱을 넘어서며
흠뻑 고인 이마 위 땀은
정화수 대신하고

가슴 가득 보람을 안은
시린 두 눈 닿는 그곳에
상큼한 내일을 맞는
숫처녀 가슴 초롱이 된다

친구

누구나 학창 시절 친한 친구들이 있습니다
재잘거리고 깔깔대며 마냥 좋았던 친구들
때로는 세상 고민 다 짊어진 듯 밤새워 얘기하기도 하고
빵집 귀퉁이에 앉아 종일 음악을 듣기도 했습니다

가족에게도 말 못한 고민들을 털어놓고
엄마보다도 더 좋았던 친구들
하나둘 시집가고 뿔뿔이 흩어졌습니다
그 시절 고단할 삶은 시작되고
저마다의 자리에서 열심히 살았습니다

눈에서 멀어지니까 마음도 멀어진다고
몇 년에 한 번 만나기도 했지만
그렇게 30년의 세월이 흘렀습니다

엊그제 묵은 짐을 정리하다가 문득 상자 하나를 발견했습니다

: 달을 삼킨 바다

자주 이사를 다니면서 많이많이 버리곤 했는데
차마 버리지 못한 편지 꾸러미였습니다
무엇이 그리 바쁘다고 다시 한번 읽어 보지도 못한
추억의 실타래를 잡고 있는 보물들이었습니다

남의 편지 몰래 보듯 조심스레 하나둘 꺼내 읽었습니다
어쩌면 한결같이 친구야 사랑한다 친구야 고맙다
행복해라 네가 내 곁에 있어 너무 좋다 등등
나에게 평화와 사랑을 기원하고 축복해 주는 내용들로
가득 차 있었습니다

내가 지금 평범하게 잘 살고 있는 게
이 친구들 기도 덕분이었구나 하는 생각이 들었습니다
나도 모르는 나의 수호천사들이 지켜 주고 있었구나

어쩜 그렇게 편지지도 다양하고 예쁜지
손으로 쓴 글씨는 얼마나 귀여운지
새 모양으로 접은 것, 다이아몬드형으로 접은 것
그림과 곁들여 내 이름으로 삼행시 지어 보낸 것 등
접은 채로 30년 가까이 있었으니 잘 펴지지도 않았습니다

밤새

얼마나 울었는지 모릅니다

그냥 망가진 수도꼭지처럼 줄줄 흘렀습니다

가슴에서 뜨거운 것이 치밀어 올라왔습니다

잊고 있었던 추억들도 하나둘 떠올랐습니다

그 시절로 하루만이라도 돌아갈 수 있다면…

올해 98세이신 김형석 교수님께서 하신 말씀이 생각났습니다

'어머니가 돌아가시고 병석에 있던 아내를 잃었을 땐

방이 텅 빈 것 같더니

40~50년 지음으로 알고 지내던 벗을 잃으니

세상이 텅 빈 것 같다'는 그 말씀이…

친구란 그런 존재인데

삶이 얼마나 고단하고 바쁘다고

이렇게 사는지 모르겠습니다

이 계절이 지나가기 전에 꼭 만나야겠습니다

친구야, 보고 싶다

: 달을 삼킨 바다

수선화

꽃을 닮은 친구가 있다
가녀린 줄기를 꼿꼿이 세우고
활짝 웃는 해님과도 같은 꽃을 피워 내는
수선화
온실 속에 들어가서 살아야 할 것 같은데
세상 비바람을 다 맞으면서도
우아함을 잃지 않고 차분히 향기를 뿜어낸다

보기에는 행복해 보이는 너무도 행복한 사람도
마음속에 돌멩이 하나씩 있듯이
젊은 남동생을 먼저 보내고
부르지 못할 이름의 누나가 되어 버렸다
누나~

그 수선화 같은 친구가 한걸음에 달려갔다
외국에 유학 중인 딸의 아픈 소식을 듣고

천만 다행으로 좋아졌다는 소식이
저 멀리서 바람 타고 들려왔다

가슴이 쿵 내려앉아 묵주기도를 하는 것밖에
친구를 위해 해 줄 수 있는 것이 없었다
나에게 신앙이 있다는 게 감사했다

언젠가 누구에게나 한두 번씩은 다가올
자연의 순리인데
매일매일 잠자리에서 일어나
부활을 체험하고 살면서도
삶의 축복을 잊어버리고 산다

형제는 의복과도 같다 했는데
추운 겨울 외투 없이 들판을 걷는다고 해야 할까
나도 내 남동생 두 명의 누나다
그런데 동생들을 위해 간절히 기도했던 적이 있던가
각자의 삶 속에서 바쁘게 살아간다
오늘은 힘내라고 문자라도 넣어야겠다
부드럽지만 강한 수선화처럼

비 온 뒤 활짝 핀 모습의 맑은 친구야
동생의 몫까지 살아야 하는 짐 내려놓고
그냥 나의 인생을 살자

이번에 구름 타고 친구가 돌아오면
맛있는 거 먹으며 수다꽃을 피워야겠다

친구 Ⅱ

말을 하지 않고 그냥 같이 있기만 해도
편한 사람이 있다
살아가면서 친구 셋만 있어도 부자라 했던가

언젠가 지나가는 말로 들었는데
상대방이 친구인지 아닌지 금방
알 수 있는 방법이 있단다
내가 그 사람을 위해 지불한 돈이
하나도 아깝지 않으면 진짜 친구 사이란다

그때는 뭐야 하면서 웃어넘기고 말았는데
살다 보니 그 말도 맞는 것 같다
자기 돈 아깝지 않은 사람은 없으니까

누군가 나에게 밥이나 먹자고 하면
그것보단 더 고마운 말이 있을까

혼밥 혼술이 어색하지 않은 시대에
그래도 같이 먹자고 불러 주는 이가 있으면
주저하지 말고 한걸음에 달려가자

누군가와 친해지고 싶으면 같이 밥을 먹고
더 친해지고 싶으면 같이 목욕을 하고
더욱더 친해지고 싶으면 여행을 하라고 한다

'친구(親舊)'는 오랜 세월에 걸쳐 만들어진다
시간과 추억이 공유되어야 가능하다
가족들한테 받을 위로가 있고
친구를 통해 해소되는 위로도 있다

자녀들도 성인이 되면 훨훨 날아가 버린다
동시대를 같이 오래 살아갈 수 있는 건 친구다
그런 친구가 가까이 살아 자주 만날 수 있다면 축복이다

세상에 태어나서 우린 여러 관계 속에서 살아간다
가족 직장 동호인 선후배 동창 연인 등등
그 가운데 친구 사이로 만나 얼마나 다행인지 모른다

여자들한테 동성 친구들은 쌩얼로 만날 수 있어서 더 좋다

70대 이후까지 돈 벌 수 있는 체력과 지력이 있음 좋겠다
언제든지 밥값은 내가 낼 테니까

나에게도 이런 친구가 있어 정말 고맙다

최근 지하철을 타고 출퇴근할 일이 종종 있다

5호선 타고 9호선 갈아탄다

지하철을 탈 때마다 현대 문명에 감탄하곤 한다

쾌적하고 신속하고 정확하고
요즘 말로 가성비 좋고
매일 타고 다니는 사람들은 어떨지 모르지만
깨끗한 역사 내 환경
누가 시키지 않아도 질서 지켜 줄 서기 등
문화가 발전한다는 게 바로 이런 거구나 실감이 난다

지하철 내에서도 사람들은
스마트폰으로 TV도 보고, 음악도 듣고
게임도 하고, SNS도 하고…
저마다의 세상 속으로 들어간다
지하철을 타는 또 하나의 재미다
누구 눈치 보지 않고
나만의 세계와 자유로운 공간이 존재한다
불과 50년 전에는 상상도 못했던 일들이
지금 대한민국에서 흔한 풍경이 되어 버렸다

100여 년 전에는 병인박해가 일어나
무고한 사람 수천 명이 목숨을 잃는 일이…
그 후로도 무지와 욕심의 세월이 있었다

지금 지하철 안의 이 풍경을 본다면
당시 사람들은 생각조차 했을까?
인간의 호기심이 상상을 불러오고
우리는 상상이 현실이 되는 시대를 살고 있다
과학의 발전을 걱정하는 사람들도 있지만
난 기우라고 생각한다
내가 100년 전에 태어났더라면 어쩌면
소 한 마리와 바꾸는 처지가 되어 있을지도 모른다

물질의 풍요와 함께 생각하는 힘이 자라나
인류의 문명을 바꾸는 인재가 이 시대에 나오길 바라며
지금 살아가는 이 순간 이 공간이 너무도 고맙다
질서와 자유, 책임과 타인에 대한 예의가 존재하는 이곳은
소중한, 너무도 소중한 우리들의 아지트다

: 달을 삼킨 바다

안목항

서너 시간 수고로움만 감수하면
닿을 수 있는 곳
귀한 단비 소식에 마음까지 촉촉해진다
아이들 어릴 때는 그래도 가끔 찾곤 했는데
어느샌가 너도나도 해외로 나가면서
가깝고도 먼 동네가 된 이곳

밤이 돼서야 도착한 안목항은
바다의 어둠 속에 포위돼 있었다
커피 향 가득한 동네엔
젊음들이 마중 나와 있고
시골 잔칫집에 온 것 같았다
스산한 바닷바람에 찬기운도 들었지만
오히려 기분은 좋았다

바다가 보이는 위층 창가에 앉아

하트 거품이 그려진 찻잔을 바라다본다
시간의 모래밭 속으로 빨려들 듯
커피 향 속으로, 아니 상념 속으로
과거의 문을 열어 버렸다

그때는 분명 고통이었는데
똑같은 나인데
바라보는 나는 미소가 떠오른다
아~ 시간이 지나니까
고통도 그리워지는구나

어쩌면 아픔이라고 느꼈던 과거도
내 인생의 한쪽을 차지하고 있고
그것마저도 사랑스럽다는 것을
그래서 어른들이 시간이 약이라고 하고
세월 앞에 장사 없다고 하는구나
미련한 것이 50이 넘고야 아는지

누구에게나
과거의 상처 딱지들이 하나둘씩 있다

상처는 시간을 이길 수 없고
시간은 사랑을 이길 수 없다
먹구름이 해를 못 이기듯이
딱지조차 희미해진 그 시절이 눈물 나게 그립다

에잇, 오늘의 이 상념들은
달달쌉쌀한 커피와
나를 취하게 한 고놈의 바다 때문이다

2017. N. Kyoung Soon

겨울 바다

바다는 그리움입니다
얼굴에 소름이 돋고 뼛속까지 춥습니다
눈물겨운 사연이 그러합니다

바다는 애인입니다
성난 파도와 같이 거칠 게 없지만
모든 것을 받아 주고 덮어 줍니다

바다는 이별입니다
차갑고 쌀쌀한 이성은
겨울 바다를 이겨 낼 자가 없습니다

바다는 귀로입니다
아무도 모르는 곳으로 도망쳤지만
거긴 세상 끝이었습니다

다음에 바다에 오면

꼭 여름에 오고 싶습니다

그해 초여름처럼…

기다림과 느긋함의 차이

기다림은 인내를 필요로 한다

방금 놓쳐 버린 버스
주문한 음식이 늦게 나올 때
약속시간을 밥 먹듯 까먹는 친구를 기다릴 때
승진이나 시험에서 누락될 때
공부 안 하는 자식을 때가 될 때까지 봐줘야 할 때

인생에 좋은 멘토를 만나기까지
준비하고, 속이 새까맣게 타기까지 기다려야 한다
아흔아홉 번 기다리다 한 번만 더 참으면 될 걸
하지만 그 한 번이 100번째인 걸 어찌 알 수 있을까

그래서 대부분은 기다리다 지친다
상대편의 생각을 미리 알 수 있다면
기다리기 훨씬 수월할 텐데…

: 달을 삼킨 바다

역지사지의 사고가 필요한 이유이다

그래서 난 기다리지 않기로 했다
날씨 궂은날은 조금 일찍 준비하고
사고의 한계를 넘어 상상 속을 여행하다 보면
기다림의 시간은 찰나에 불과하다
모든 꽃들이 봄에만 핀다면 세상은 얼마나 재미없을까

느긋함의 여유는 마음속 깊은 내면에서 온다
평정심과 냉철한 철학이 있어야 한다
내공으로 꽉 찬 사람은 작은 일에 일희일비하지 않는다
알면서도 실천하지 못하는 이유는
아직 절실하지 않거나 게을러서일 것이다

난 오늘도 기다림과 친구가 되었다
느긋한 바람은 미풍처럼 불어온다

커피숍에서

나른하고 무기력한 오후
문득 시계를 보니 4시 44분
어머, 휴대폰의 디지털시계를 뚫어져라 쳐다본다
초침이 45분이 되어서야 휴, 한숨 한 번
막연하게 숫자 4에 대한 묘한 징크스가 있다

아메리카노 한 잔 진하게 주문한다
어느새 입맛에 배어 버린 커피 향
유명 브랜드 커피숍엔 사람들이 줄서 있다
난 그 건물 돌아 구석에 짱 박힌 작은 커피숍에 간다
주인한테는 미안한 말이지만 손님이 별로 없어
조용하게 잠깐 도망치기 좋다

특히 오늘같이 흐린 날에는 괜히 찌뿌둥해져
누군가한테 방해받기 싫다
노트북 하나 달랑 들고 혼자 앉아 있어도

전혀 어색하지 않고 눈치 보지 않는다
이런 젊은이들 문화가 눈물 나게 고맙다

사람한테 받은 상처는 사랑으로 치유되고
일로 받은 상처는 열정으로 채우면 된다
나 자신 흔들림이 없이 평정을 찾으면 그만이다
남에게 퍼붓는 독설은
결국은 부메랑이 되어
쓰레기 같은 언어로 돌아올 텐데

그냥 액땜했다 생각하자
이 또한 지나가리니
세상에 영원한 것은 없다

나는 누군가를 말로 감동시킨 적이 있는가 돌이켜본다
사람(人)의 말을 한자로 쓰면 믿을 신이 된다
사람의 말에는 믿음이 있어야 된다는 진리이다
말은 어리석은 사람이 남용하면 자기가 다치지만
교만한 사람이 쓰면 타인과 자신까지 다친다

한발 물러서서 역지사지해 보면
용서하지 못할 게 뭐란 말인가
지나간 다음에 후회하지 않게 조금만 참자
이왕 기다린 거 조금만 더

어디선가 요란하게 흔드는
휴대폰 진동 소리에 화들짝 둘러보니
짙은 먹구름이 주변 건물들을 누르고 있다
차라리 한바탕 쏟아부으면 좋으련만
도망쳐봐야 뒷골목인 커피숍엔
먹구름보다 더 진한 커피 향만 가득하다

2017.
N. Kyoung Soon

달을 삼킨 바다

영동고속도로를 내리 달려
사천 앞바다에 다다르면
시간이 멈춘 공간이 있다

오래된 LP판에서는
금방이라도 노래가 튀어나올 것 같고
세월의 무게를 고스란히 간직한 물건들이
옛 주인이라도 찾는 양 기다리고 있다

여기저기 기웃거리노라면
나도 이상한 나라의 앨리스가 된다
아주 어렸을 적 익숙한 물건들도 있고
주인의 정성과 손길이 느껴지는
작품들도 있다

한때는 전성기도 있었으련만

이제는 찾아 주는 이 뜸한
추억의 장소가 되어 간다

오랜 세월을 바다 건너 동네
오지를 다녔을 법한 주인장의
이야기보따리도 궁금해진다

낯선 이들과의 대화 속에
주변에는 어둠이 포위해 오고

바다 물결 표면은 반짝거린다

달이 바다에 빠진 건지
바다가 달을 삼켜 버린 건지
조그만 파도에도
반달이 됐다가 초승달이 되기도 한다
마치 음악을 연주하듯 파도는 철썩철썩

와인 몇 잔에 객들은 친구가 되고
낯선 동행이 익숙해질 즈음

달을 삼킨 바다는

술잔 속 고요함이 된다

: 달을 삼킨 바다

목마른 시간

우린 공간의 하룰 그리 보내야 했다
한 방울의 알콜과
한 조각의 사랑과
한 움큼의 진실을 가지고

이제 돌아선 계절의 모퉁이에서
그렇게도 갈구하던
차라리 죽어 버림직한
굴레 속에 살아야 한다

소음에 휘말려
자취마저 아득해지면
시간의 그림자는
젊음의 안녕을 고해야 하고
또 다른 장막의 빛을 내린다

2부

●

자유로 가는 길

자화상

작은놈이 등을 긁어 달란다
손끝으로 긁어 주다가
아플까 봐 손바닥으로 문질렀다

: 달을 삼킨 바다

나 어렸을 적
엄마도 내 등을 긁어 주곤 하셨다

내가 아플까 봐
손바닥으로 문질러 주곤 하셨는데
그래도 참 시원했다

엄마 손이 거칠어져서 그랬다는 걸
한참이나 더 큰 후에야 알았다

작은 녀석도
내가 손바닥으로 문질러 주는 이유를
알 때쯤이면
나는 호호할머니가 되어 있겠지

어머니

초등학교 시절 어머니는
두려운 존재 그 자체였다

중학교 시절 어머니는
동네에서 소문날 정도로
억척스럽고 구두쇠였다

고등학교 때 어머니는
뛰어넘을 수 없는 거대한 산이었다

세월이 지나 성인이 되고
결혼하고 아들 둘 낳고 시집살이를 하는 동안
어머니는 '어머니' 소리만 들어도
눈물이 왈칵 쏟아지는 존재였다

내 자식들이 장성하면서

할머니가 된 어머니는
누구보다 든든한 후원자이며 협력자였다

자식 넷을 결혼시키고 맏자식을 먼저 보낸
칠순이 넘은 나이에 홀로 사시는 어머니는
가슴 아픈 존재가 되어 버렸다
큰소리로 야단치시며 무서웠던 어머니가
얼마나 고마운 존재였는지 모른다

그런 어머니가 지금은 요양원에 계신다
자식이 넷이어도 요양원에 계신다
80이 너머 검은 머리가 다시 나서
'어머, 민 여사님 회춘하시네'
너스레를 떤다

오랜 세월 당뇨로 치아가 없으신 어머니
언젠가 창밖으로 들어온 예쁜 햇살이
어머니 손을 비추었을 때
너무나도 쭈글쭈글 주름진 당신의 손을 보며
눈물이 하염없이 흘렀다고 하신다

이 손으로, 조그만 이 손으로
참으로 많은 일을 했구나
너무 고생시켜서 미안하다

아직은 총명하신 어머니
육신은 제 맘대로 안 되지만
구슬 달린 머리띠를 좋아하는
소녀 같은 어머니

제발 건강하게 정신줄 놓지 마소서
그래서 어느 날 또 예쁜 햇살이 들어오거든
'성모님, 나 좀 데려 가요' 하고 따라가세요

고통 없는 축복이 오기를
예쁜 햇살이 천천히 들어오기를
기도합니다

내가 할 수 있는 게 이것밖에 없어서
미안해요 어머니
엄마 나의 어머니 마리아

2016. N. kyoung soon

아버지

아버지들은 엄마보다 먼저 하늘나라로 간다
엄마가 있어서인지
슬프고 빈자리가 느껴지긴 하지만
그런대로 행복하게 살아간다

그러다 내 나이가 아버지 나이 정도가 되면
문득문득
가슴 저 아래가 시큰해진다
어쩌다 TV에서 아버지에 대한 이야기가 나오면
그때나 잠깐 생각나곤 했다

〈아빠 찾아 삼만 리〉라는 다큐는
한국으로 돈 벌러 온 외국인 노동자 아버지의 이야기다
가족에 대한 아버지의 책임감은
동서양을 막론하고 다 같은 모양이다

아버지들은 잘 표현을 못한다
아버지들도 청춘 때는 질풍노도의 시절을 보냈을 텐데
어느덧 옷 갈아입듯 그냥 아버지가 되어 버렸다

항상 든든한 아버지의 앞모습과는 달리
돌아서는 뒷모습은 쓸쓸해 보인다
건담처럼 무엇이든 물리치고
정의를 위해 주먹을 불끈 쥐던 아버지는
배터리 부족한 로봇이 되곤 한다
어깨에 진 짐이 무거워서 그랬다는 걸
50년 가까이 살아 보고야 느낀다

인간은 태어나고 누구나 고단한 삶을 살아간다
아버지로 살아간다는 건
거대한 자연의 질서에 순응하는 위대함이다
아버지는 사회를 가꾸고 나라를 지키고
삶을 지속하게 하는 원동력이다

두려움과의 대화

'아무것에도 흔들리지 마십시오
아무것에도 놀라지 마십시오
다 지나가는 것입니다'
아빌라의 성녀 대 데레사 성인의 말씀이다

살다 보면 막연한 두려움이 엄습해 온다
미래에 대하여, 죽음에 대하여
내가 죽고 없어도 세상은 돌아갈 텐데
그럼 난 〈사랑과 영혼〉의 주인공처럼
죽어서도 내가 사랑하는 사람들을 지키고 도와줘야지

죽음을 향해 달려가고 있는 우리는
브레이크 없는 기차와도 같다
결국은 목적지에 닿아야 멈추는 기차

성부와 성자와 성령의 이름으로 아멘

수도 없이 그었던 십자 성호
심약한 마음을 다잡아 준 짧은 한마디

백여 년 전 1866년은 병인박해가 있던 해
그때 선조들처럼 난 내가 믿는 것을 위해
목숨까지 바치진 못할 것 같다

멀리 나가 있는 자식을 위해
내가 할 수 있는 게 기도밖에 없었다
지구촌 여기저기서 슬픈 소식이 들릴 때
할 수 있는 게 기도뿐이었다

하느님이 계신데 세상에 악은 왜 존재하는지
하느님은 악인들을 왜 벌하지 않으시는지
성 이시돌 피정에서 신부님 말씀
혹시나 죄인들이 회개할까 봐 마지막 순간까지 기다리신다는
어쩌면 인간을 얼마나 사랑하시기에
마지막 순간까지 놓지 못하는 걸까

속초 청호동 성당에는

예수님의 오른손이 내려와 있는 십자고상이 있다
죄를 많이 지어서 용서를 청하자, 거부한 사제에게
"그를 위해 피를 흘린 것은 그대가 아니라 바로 나다"
예수님이 당신 오른손을 빼서 죄를 지은 사람에게
구원의 표지인 십자가를 그어 주셨다

힘들 때 나를 업고 가신 하느님
어두운 밤길에서 같이 걸어 주신 하느님
유혹에 흔들릴 때마다 손을 빼서 잡아 주신
하느님이 계시다는 걸
나는 믿나이다

이 땅의 아들들에게

연휴 막바지
서울엔 진눈깨비가 옵니다
고향 가셨던 분들 다 무사귀환 하셨지요?

우리 장병들도 혹한기 끝내고
모두 건강히 명절을 맞이했으리라 봅니다
마음은 부모님과 고향에 가 있겠지만
신성한 국방의 의무를 다하고 있다 생각하니
젊은 청춘들께 절로 고개가 숙여집니다

이 땅에 태어난 숙명으로
청춘들이 거쳐야만 하는 또 하나의 과정입니다
전쟁이 났을 때 최전선에 있다고 생각하니
평화가 얼마나 소중한지 감사할 따름입니다
우리 땅 1센티도 거저 얻은 게 아니고
수많은 젊은 피가 뿌려졌다는 걸 잊지 말아야 합니다

대한민국은 이름도 모를 전 세계 젊음들의
순교의 땅입니다
그래서 우리는 평화를 지킬 의무가 있습니다
하지만 평화도 힘이 있어야 지킬 수 있습니다
여러분이 그 몫을 담당하고 있습니다

어렸을 때는 군인아저씨 지나간다 그랬는데
그 군인아저씨가 내 아들이지 말입니다
남들 다하는 군대 생활이라고 쉽게 얘기하지만
당사자가 아니면 모르는 것이지요
21개월 결코 짧지 않은 세월이지만
이것 또한 그대들 인생의 한 페이지니
열심히 최선을 다해 주기 바랄 뿐입니다

우리 장병들 모두 전역하는 날까지
사고 없이 건강하길 기도합니다
그대들이 있어 대한민국은 행복합니다

재회

산허리를 돌고 돌아
내 아버지 계신 그곳
봄바람이 다녀가길
스무 번이 되어 가네

오뉴월의 햇빛조차
얼굴이나 비추려나
쌀쌀맞은 가을 냄새
너마저도 떠나누나

모진 세월 찬바람에
이제 오나 저제 오나
금쪽같은 내 새끼들
빠른 것이 세월인가

내 아버지 어렸을 적

소몰이꾼 따라왔네
함경남도 머나먼 길
걸어걸어 여기까지

우직한 몸 하나 믿고
기다리길 한평생아
도란도란 소꿉장난
눈 깜짝 새 지나갔네

엄마 아빠 그리워도
세상살이 녹록찮아
마음 놓고 못 불렀네
그러다가 내 자식들
아버지가 되었다네

강물처럼 흘러흘러

내 청춘은 어데 가고
쭈글쭈글 흰머리에
남은 것은 그리움뿐

하느님이 부르시니
어서 좋다 갈 수밖에
새천년이 열리기 전
하늘나라 예약했네

양지바른 아랫목에
따뜻하면 좋으련만
그늘지고 외롭기는
죽어서도 한가지네

내 팔자가 그렇지 뭐
기다리길 이십여 년
아들딸이 찾아왔네

울 아버지 불쌍해서
이북 땅이 보이는 곳

지척으로 이사왔네
죽어서도 돈이 드네
미안하다 미안하다

천사 같은 내 딸 큰애
네 동생들 살피거라
이 아부지 천상에서
행복하게 지낼 테니
오랜 후에 보자꾸나

사랑한다 고맙구나
두 발 뻗고 편히 자라
나에게로 달려와 준
평생 은인 수호천사
자식들이 스승이네

어무이 아부지
보고 싶습네다

2017년 7월 1일 윤달 5월에

언니

나에게는 그림을 그리는 언니가 있습니다
초등학교 시절부터 그림을 잘 그렸는데
변변치 못한 형편에 제대로 된 크레파스가 없었습니다

'경기도 백일장 사생대회'
나는 백일장으로, 언니는 그림으로 대회를 나갔습니다
다른 아이들은 돗자리 깔고
같이 온 엄마가 준비해 온 새 크레파스로 그림을 그렸습니다

언니는 나를 두고 저만큼 멀리 나무 뒤로 돌아갔습니다
비닐봉지 속에는 이리저리 서로 부딪혀서
색깔이 없어진 크레파스가 담겨 있었습니다
언니는 그 크레파스를 손톱으로 까서 그림을 그렸습니다

나중에서야 알게 되었습니다
다른 아이들이 몽당이라고 버린 것을 주워 담았다고 합니다

나는 이 기억만으로도 평생 가슴에 돌덩이 하나 갖고 있습니다

그런 언니가 이번에 성당에서 그림 전시회를 했습니다
담장 사이로 금방이라도 마중을 나올 듯한 어머니의 모습
전봇대가 있는 시골 마을
깨진 장독 사이로 빛나는 햇살
오후 정적이 가득한 나른한 풍경
모진 바람 맞고 서 있는 해바라기
터질 듯 정열을 감추고 있는 목단꽃

우리 집 거실에도 정겨운 언니의 그림이 걸려 있습니다
일생을 살아가면서
나 혼자 외롭지 말라고 아마도
하느님이 언니를 보내셨나 봅니다
그래서 나의 언니를 보면
누구라도 사랑하지 않을 수 없습니다

나에게는 그림을 그리는 언니가 있습니다

자유로 가는 길

누가 지었을까
'자유로는 달리고 싶다'
지척이면 닿는 거리인데도 아직도 먼 곳이다
친정아버님 살아생전
통일 전망대 올라 북쪽을 바라보곤 했다

차창 밖으로 춤을 추듯 꽃비는 내리고
봄은 거기에도 닿았으련만
어제 잠깐 비님 소식에
봄이 노크만 하고 간다
꽃향기에 취할 틈도 없이

자유로 가는 길
오늘은 신부님께서 친정어머니 마리아를 위해
봉성체 오시는 날
꽃잎이 휘날리듯 청춘은 가고

어느새 주름만 남으신 어머니
그 많은 세월 울 일도 많으셨을 텐데
아직도 눈물이 남으셨나 보다
마리아, 마리아 울지 마세요

자유로 가는 길
언젠가는 이 길이 그리워지겠죠
꽃비도 맞고, 여름철 소나기도 맞고
늦가을 황홀한 저녁놀에 취하고
한겨울 눈부심에도 반하고

가슴이 먹먹하면서도
벅찬 가슴으로 돌아오는 길
오늘은 그리움을 금이 간 항아리에 담아
자유로에 흘리고 옵니다

3부

●

낯선 동행

미소

일상이 멈추고 어둠속에 불이 밝혀지면
어렴풋이 잡힐듯 다가오는 그리움너머
마음이 머무는 곳
삶의 응을진 그늘을 감춰줄
해맑은 미소가 거기 있다

천년의 문이 닫혀지는 순간
그 장엄한 벽을 너머 캐낸 하늘의 보석
세상 다 주어도 아깝지 않은
그대의 미소가 가슴 깊이 박혀있다

오늘의 기쁨이 내일의 희망이 되고
모든 근심과 걱정을 평정해 버린
순수한 결정체여!
힘든 순간 유희의 고비마다
사랑의 불씨되어 멀리서 나를 비춘다.

2010. N. KYoung Soon

기도

산마루 너머 어슴푸레 하늘이 밝아오면
새로운 한 날이 시작됩니다
하루를 시작하는 이 순간순간
감사드리며 기도를 합니다
진실되고 더욱 열심히 살 것을 다짐하오니
주변에 소중한 사람들을
멀어지지 않게 하소서

세상에 나를 태어나게 하시고
당신을 알게 해 주셨고
저를 선택해 주셨습니다
밝고 아름답게 살겠으니
세상 다하는 날까지 지켜주소서
한겨울의 매서운 추위도
봄의 문이 열리던 시간의 시샘도
우릴 떼어놓진 못합니다

반짝이는 햇살이 꽃향기와 새싹들로 채워가는 시간에도
나는 다짐합니다
어떤 고난과 시련이 와도
의지하겠노라고
당신은 나의 쉼터 느티나무
영혼의 안식처입니다

이별

가을입니다
이별하기에 아픔이 덜한 계절입니다
아침저녁 쌀쌀한 바람에 한기가 든 듯
눈물을 흘릴 수 있으니까요

지난여름
태울 듯 쏟아붓는 태양 아래서도
눈이 부셔 눈물이 왈칵 나곤 했습니다
세상 끝날 때까지 사랑한다 했지만
시간은 모든 것을 먹어 버렸습니다

이별 연습을 해야 한 여름의 끄트머리에서
누구는 모든 것을 철저히 잊으라 하고
누구는 좋은 것만 기억하라고 합니다

가을은 창문 밖에서 노크하고 있는데

: 달을 삼킨 바다

마음속 안으로 잠긴 문은 열릴 줄을 모릅니다
분명한 것은
맞이할 겨울이 억세게 춥겠지요
소주 몇 잔에 꺼억대며 올라갔던
유명산 갈대밭이 그리워집니다

이별 앞에서는 연습도 필요 없나 봅니다

고백

정도 많고 눈물도 많고
사랑과 끼가 넘쳐서 탈이지요
불의를 보면 참지 못하는 열정과
작은 것에도 쉽게 감동해 버리는 순수함도 있답니다
힘든 친구를 보면 밤새워 얘기도 하고
노래방에서 30곡은 부를 수 있답니다

가을이면 낙엽을 주워 책갈피에 끼우기도 하고
눈 내린 겨울 산을 좋아합니다
아이젠 사이로 들려오는 눈송이들의 아우성
영화 보면서 자는 사람을 좋아하진 않지만
이해는 하려고 노력합니다
여행은 언제든 가방 하나 달랑 들고 갈 수 있습니다

이런 사람과 친구 해 보면 어떨까요
작은 것에 연연하다 소중한 걸 놓친 사람 말고요

: 달을 삼킨 바다

상처받기 두려워 사랑조차 못해 본 사람 빼고요
신의를 저버린 사람은 사양합니다

내 마음을 들여다보면 친구가 보입니다

보름달

서산너머 그늘이 드리우고
지천으로 내리는 어두움에 멍든 인생들
마음이 힘들어 울부짖는 영혼달래려
이 밤도 때맞춰 은빛가득 내려보지만
닫힌 문 열어젖히고 반기는 이
찾을수가 없구료

울어머니 날위해 가시밭길 마다않고
계수나무 옥토끼에 두손 꼭 빌었건만
아폴로가 쫓아버린 마음의 꿈동산은
그대 가슴에 언제다시 그려질까

고단한 삶이 원망스러워도
어디인가 있어야 하고, 지켜야 하는 그대이기에
수천년 내려오는 옛이야기 소망을 담아
이밤도 그대창가에
꿈을 뿌려 본다네

2011. N. Kyoung Soon

님에게

하루하루 부대끼며 지내길
벌써 새로운 봄을 맞는구료
24시간이 모자라 이리 쪼개고 저리 나누며
때로는 애궂은 투정으로 툭 던지며
힘들어하는 당신

겨우내 찬바람 이겨낸
막 움트려는 새싹들처럼
그대 몸속에 간직한 정열을 뿜어내고
이 봄엔 모든것이 그대 위해 준비한 시간되게
향기 피어나는 내 님 되소서

때때로 어렵고 힘든 시간들 만나걸랑
당신이 가꾸어 놓은 느티나무 그늘 찾아
일상의 짐 내려놓고 기대어 편히 쉬구려
그러다가 당신이 찾던 소박한 꿈의 궁전 보이거든

알리소서

그리움 너머 아지랑이 되어 그대곁에 내리리다

궁산

궁산을 오르면 보이는 한강 하구
맑은 날이면 멀리 남산도 보인다
날이 흐려서인지
뿌연 도시의 자동차 굉음이
규칙적으로 들린다

마치 모든 것을 빨아들이는 블랙홀처럼
희뿌연 도시는 달려가는 차들을 삼켜 버린다
그렇게 빨리 달리지 않아도
어차피 우리는 달려가고 있는것을

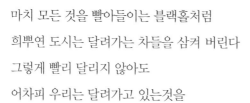

궁산에 오르면
저 멀리 과거도 있고
시간이 멈춘 듯 내가 서 있는 자리도 있고
도시의 괴물처럼 미래도 있다

: 달을 삼킨 바다

나는 어디로 가고 있는가
아니, 왜 가고 있는가
누구랑 가고 있는지
주위를 둘러보게 된다

올라오면서 보지 못한
이름 모를 풀 나무들이
그나마 상념을 덜어 준다
깊은 심호흡 한 번에 희망도 생기고
근심도 도망가는 것을…

2017
N. Kyoung Soon

미완성

누구에게나 각자 꿈꾸는 사랑이 있다
어린 시절엔 백마 탄 왕자님이 달려오기도 하고
드라마 속 멋진 장면을 꿈꾸기도 한다
나이가 먹은 만큼 꿈의 크기도 자라야 하는데
시간의 흐름과 버킷 리스트는 반비례가 되곤 한다

어렸을 때 사랑은 받기만 하는 일방통행이다
그러다가 교차점이 생길 즈음
사랑은 열정이 되기도 하고, 증오가 되기도 한다
폭풍우 같은 계절이 지나면
어느 순간, 나도 주기만 하는 일방통행이 된다

시간은 쏜 화살처럼 흐르고
사랑은 강물처럼 흐르고
되돌릴 수 없는 남의 것이 되고 만다
남의 것도 내 것이 아니긴 매한가지

뺏을 수 있는 거라야 뺏기라도 해 볼 텐데
흘러흘러 넓은 바다로 간다

세월이 가면 버려야 할 것들이 많다
아끼던 물건에 대한 집착도 버려야 하고
내가 사랑했던 사람들에 대한 보상도 버려야 한다
어제의 지식은 상식이 되어 버리고
그동안 추구했던 가치관은 꼰대 취급을 받는다

그럼 어떻게 살아야 할까
말로는 많이 내려놓고 베풀라고 하지만
어디까지 얼마큼인지 가르쳐 주는 이 없다
그나마 자기 일이 있어 아직도 미칠 수 있는 정열이 있다면
그건 신의 축복이다
생각날 때 전화해 밥 먹고 차 마실 지인이 있다면
남은 인생 외롭지 않게 살 수 있다

누구나 처음 살아 보는 인생
예습할 수도 없고 복습도 할 수 없으니
지금 이 순간을 소중하게 살아야 할 책임과 권리가 있다

삶이 서툴기에 하루하루 더 애틋한지도 모른다
홀로 사는 세상은 그렇게 미완성인 채로 완성되어 간다
거울 속 마주 보는 내 얼굴은 항상 반대 모습이다
내가 보는 것만 믿고 있는 것은 아닌지…

유혹

우리는 살아가면서 자주
선택의 순간에 놓이게 된다

맛집을 찾아갔는데 음식 맛이 별로일 때
옷가게에선 예뻐 보여서 샀는데 집에 와서 입어 보니
내 옷이 아닌 양 어색할 때
쉽게 결정한 것에 후회를 느끼게 되고
지인들과 회식자리에서 밥값을 낼까 말까 고민할 때
새로운 일을 접하거나 여행 계획이 있을 때
할까 말까 고민하고 선택하게 된다

사사로운 것도 고민하는데
중요한 선택의 기로에 있을 때
곁에 훌륭한 멘토가 있다면
그보다 더 고마운 일이 없다

어떤 때는 황량한 벌판에 혼자 서 있는 것 같아

막막하고 외로울 때도 있다

그러나 인간은 어차피 외로운 존재이고

결국은 내 마음을 다잡는 건 나뿐이라는 걸 알게 된다

유혹이라는 것은 원래부터 거기에 있었던 것이다

흔들리고 안 흔들리고는 오로지 나의 문제인 것이다

그냥 자기변명을 하느라 유혹이라고 표현할 뿐이다

바람에 흔들리는 꽃들처럼

유혹에 흔들려야 존재감을 드러낼 수 있는 것이 있고

돌이킬 수 없는 유혹도 있다

인간은 나약한 존재이기에

또한 합리적인 양 이기적인 존재이기에

달콤한 유혹을 뿌리치기 힘들다

유혹은 세련되고 친절하고

채워 줄 수 있을 것 같기에

현실 도피용으로

일상의 무료함을 채우려고

내가 가지지 못한 것의 보상심리인 양

어쩌면 흔들리고 싶은 것인지도 모른다

한순간의 실수로 모든 것이 재가 되었을 때
인간은 어디까지 초라해질 수 있는지
새삼 느끼게 된다
물질적 피폐함은 물론
정신의 공허함
심약했던 마음에 대한 죄책감들

이천 년 전에도 철학자들은 간파했다
그래서 힘들 때나
어떤 상황이 유혹이라고 느낄 때
우리는 고전을 탐독하게 된다
흔들리지 않기 위해서가 아니라
흔들려도 뿌리째 뽑히지 않기 위해
평범하고 위대한 삶은 지속되어야 하기에

제자리

풀리지 않는 뫼비우스의 띠처럼
한평생의 절반을 살고서도 제자리다

청소년 시기에는 정체성의 혼란이 오기도 전에
유수같이 세월이 가 버렸고
얼른 어른이 되었으면 했다

30대 40대 중년을 지나 5학년이 넘으면
지천명이라 흔들리지 않을 것 같았다
반평생을 살고도 흔들리는 자신을 보며
평생을 공부하고 고민하고 배려하고
살아야 하는구나 싶다

고민의 종류만 달라졌을 뿐
여전히 비바람에 흔들리는 초목과 같다
꿋꿋이 인생 설계를 하고

자신의 세계를 찾아가는 젊음을 보면
오히려 그들이 스승이다

어차피 돌고 돌아 제자리로 올 것이라면
이번에는 옆도 보고 하늘도 보고
땅 위의 살아 있는 생명체들도 느껴 보며
내 속을 환희와 기쁨과 감사로 꽉 채우고 싶다

모르는 누군가를 위하여
화살기도 하고 노래를 부르면
그 누군가도 모르는 날 위해 기도하겠지
어느 영화에서 본 대사처럼
"난 오늘을 구원할 테니 당신은 세상을 구하시오"
그런 이유로 삶은 지속되지 않겠는가?

이별 Ⅱ

세월 탓인가

많이도 무던해졌다

신 앞에서 한 맹세조차

시간 앞에선 초라할 뿐이다

아니면 아직도 내가

그리움의 끝자락을 붙잡고 있어서인가

술 먹은 양만큼 물을 마셔야 해독이 되듯

사랑했던 세월만큼 고통의 시간이 가야

상처가 나을까

늦가을 찬바람 불듯 가슴이 서늘하다

왜 그놈의 그리움의 시간은 더디 가는지

남은 시간 추억만으로도

충분히 아름답게 보낼 수 있을 거라 믿었는데

증오는 차라리 축복인가
또 한 계절이 가고
쇼윈도의 치장이 바뀌기 전에
슬픈 소식이라도 전해 주오
바람에라도 행여나 그대 소식 들리면
구름 따라 따라가리다

: 달을 삼킨 바다

낯선 동행

그러고 보니 벌써 여름이네요
어디론가 훌쩍 떠나고 싶은데
같이 가실까요?

목적지가 없어도 되고요
그냥 같이 있어 편하면 돼요
재미있는 이야기 하나
사랑했던 추억 하나 정도면 돼요

차창 밖으로 보이는 나무들이
언제 저렇게 무성히 자랐을까요
빽빽한 나뭇잎 사이로 비치는
햇살의 찬란함을 길 가던 날 문득 느껴요

어느 날 연락 두절되면
고독감에 지친 한 여자가

그리움 너머로 떠난 줄 아세요

송홧가루 날리는 멀리 바다까지
찾으러 오지 않으셔도 됩니다
낙엽이 지기 전에 돌아올 테니까요

2017. N. Kyoung Soon

50살의 봄

화려한 벚꽃이 열흘을 못 가고
봄이 가듯이 청춘도 간다

나한테도 봄이 있었다
그때는 봄인 줄 모르고 추운 겨울인 양 살았다
소나기 치는 한여름을 폭풍이 왔다 가듯 보내고
어느샌가 내 옆자리에 가을이 오고 말았다

풍성한 열매 대신 엉성한 대바구니처럼
바람이 숭숭 통한다
아직도 가슴 시릴 일이 많은가
파란 하늘만 봐도 눈이 시리다

겨울이 오기 전에
진짜 추운 겨울이 오기 전에
내 몸속에 꺼지지 않는 불씨를 찾아야 한다

어쩌면 이미 들어 있는데
미처 발견하지 못한 것인지도 모른다

50살이 된 나의 봄은 그렇게 가고 말았다
미처 갈아입어 보지도 못한 옷들만 가득한 채

4부

●

익숙함과의 이별

무박 3일

    몇 해 전, 겨울 한라산 등반을 했다.

    부천에 있는 산악회 회원들 일행과 같이, 우리 가족 4명과 언니, 형부, 친정엄마까지 함께한 여행이다. 한라산을 가는데 비행기를 타지 않고, 인천에서 배를 타고 갔다. 우리 가족 4명은 한라산 등반을 하고, 언니와 형부랑 엄마는 제주항에서 택시 한 대를 빌려서 관광을 한 다음 다시 저녁에 배 타는 곳에서 만나기로 했다.

    저녁 7시경 인천에서 배를 타면 12시간 가까이 밤새도록 가서 아침에 제주항에 도착하고, 바로 한라산 정상을 향해 등산을 한 다음, 또 저녁 배를 이용해 다음 날 아침에 인천에 도착한다. 그렇게 해서 무박 3일, 아니 2박 3일의 빡센 일정이 시작되었다.

    등산장비를 다 갖추고 서울에서 인천항까지 대중교통을 이용하기도 쉽지 않은 터라, 자가용으로 이동했다. 벌써 배 주변에는 승객들이 많이 와 있었다. 우리는 배를 타고 제주도에 가는 게 처음인데, 몇몇씩

모여 있는 승객들 중에는 여러 번 다녀온 사람들도 꽤 있는 것 같았다.

뱃멀미를 걱정했더니 아주아주 큰 배라 괜찮다고 한다. 믿는 자에게 복이 있나니! 아주아주 큰 배, 오하나마나호는 어두운 인천항을 출발했다.

단체 여행객 객실이라 방이 하나로 되어 있고, 자리도 따로 정해져 있지 않았다. 그 많은 사람이 서로 좋은 자리를 차지하겠다고 시끌벅적하다. 여기저기 배낭이며 침낭을 베고 눕는 사람들, 무수한 보따리들, 신문지를 깔고 그 위에 등산화를 벗어 놓는 사람들, 배 안에서 나는 쾌쾌한 냄새까지….

우리가 계획한 여행이라 우리 가족은 아무 말도 못하고, 언니네와 엄마 눈치만 살폈다. 럭셔리한 크루즈 여행까지는 아니지만 이 정도일 줄은 우리도 미처 생각지 못했다. 다른 사람들도 비슷한 생각이었는지 볼멘소리들도 튀어나왔다. 어색하고 답답한 분위기 속에서 울 엄마가 한마디 하셨다.

"6·25때 난리는 난리도 아니네. 그때도 이러진 않았는데 피난살이가 따로 없구먼. 살다 살다 별일을 다 보네 그려."

가장 연장자로 보이는 울 엄니 말에 모두 한바탕 웃었다. 그러곤 갑판에 올라가 뭐든 좀 먹기로 했다. 사실 오늘은 내 생일이었다. 센스 있는 등반대장이 어느새 케이크까지 준비해 왔다. 맥주랑 샴페인, 신나는 음악까지….

어느덧 조금 전 불쾌감은 없어지고 바다 한가운데로 나온 배 위에서 우리는 한바탕 파티를 했다. 언니네랑 엄마는 들어가서 주무신다고 하고, 우리 가족은 그러고도 한참을 재미있게 놀았다. 거의 밤을 새우다시피….

피곤해서 가물가물 자고 있을 무렵, 늦게 도착했다고 또 여기저기서 아우성이다. 7시 반 정도에 도착해야 되는데, 제주항에 도착하니 8시 반이 다 되어 간다. 한 시간가량 늦게 도착한 것이다. 부랴부랴 서둘러서 짐을 챙기고, 언니네랑은 헤어진 다음 행군이 시작되었다.

겨울이라 12시 전에 진달래 대피소에 도착해야 한라산 정상으로 올라갈 수 있게 한단다. 한라산 입구까지도 한 시간 남짓 걸어야 하고, 산행길은 눈이 많이 와서 쉽지 않았다. 작은아들과 나는 혹시 뒤쳐져서 민폐가 될까 봐 부지런히 걸어갔다.

가다 보니 언덕길에서는 눈 밑이 다 얼어서 쭉쭉 미끄러지는 게 여간 고생이 아니다. 참, 아이젠과 스패츠 등 겨울 등산 장비가 애들 아빠 가방에 있었다. 뒤를 돌아보니 어디쯤 오는지 보이지도 않는다. 그렇다고 언제 올지 모르는 큰아들과 남편을 마냥 기다리기에도 시간이 없었다.

작은아들과 나는 정말 열심히 올랐다. 오로지 12시 전에 진달래 대피소에 도착해야 된다는 일념 하에…. 지금 생각해 보면 왜 그리 미련했는지 모른다. 가족 일행을 기다렸다가 천천히 가면 되고, 또 정이나 안 되면 가는 데까지 가면 되는데…. 나도 고생, 아들도 고생시킨 꼴이 되고 말았다. 그 덕분인가, 우리 모자 둘은 20분 일찍 도착해서 여유 있게 일행들을 기다렸다.

시간이 거의 다 되어 갈 무렵, 아이젠 차고 천천히 걸어오는 남편을 보니 괜히 부아가 났다. 일행 중에 뒤처진 사람들이 있었는지 10분 정도 더 시간을 주었다. 그러게, 너무 부지런 떨어도 생고생이라니까….

그리고 산 정상까지는 아이젠을 장착하고 여유 있게 올라갔다. 한겨울 백록담은 물이 말라 전혀 없고, 얼음만이 그 흔적을 말해 주는 듯하다. 척박한 정상 고지 위에 올라 거센 바람을 맞으니 경치 구경할 새도 없이 내려가고만 싶었다.

　바람을 피해 적당한 곳에서 간식을 먹었다. 그러자 또 등반대장이 부지런히 내려가야 한단다. 겨울 산은 해가 짧아 5시 전에 하산을 완료해야지, 그렇지 않으면 산에서 길을 잃을 수도 있다고 엄포를 놓는다. 하산길은 멀고 지루했다. 한라산이 보기에는 별로 높아 보이지 않은데, 막상 가 보면 코스도 많고 험난하다. 우리나라에서 그래도 제일 높은 산이지 않은가!

　다행히도 내려오는 길은 가지마다 사뿐히 올라가 앉은 눈꽃을 보는 재미가 여간 아니다. 가지를 툭 건드려 앞서가는 사람 머리 위에 눈가루로 장식해 주기도 하고, 완만한 길에서는 아이젠 벗고 미끄러지듯 스키를 타기도 한다. 얼음꽃에 햇살이 비추기라도 하면 투명한 속살을 드러내듯 그 영롱함이 황홀하기도 하다.

　그렇게 그렇게 내려오다 다리가 풀릴 때쯤이면 거의 다 와 간다는 신호다. 바닷가 근처 식당에서 허겁지겁 빈속을 채우고, 오늘 아침 우리를 늦게 내려놓은 항구로 갔다. 잠시 후 시간 맞춰 언니네 일행도 오고, 우리는 올라갈 때 고생한 얘기를 하느라 수다꽃을 피웠다.

: 달을 삼킨 바다

상경하는 길도 어제 그 배다. 6 · 25 때 난리는 난리도 아닌, 피난민을 실은 듯한 배는 어둠 속으로 미끄러져 간다. 올라갈 때는 다들 피곤했는지 곯아떨어졌다. 간간히 언니랑 엄마가 소곤대는 소리만 자장가처럼 맴맴 돈다.

겁 없이 다녀온 무박 3일의 여정이 무사히 마무리되었다. 인천항에 내려서 해장국 한 그릇씩 뚝딱 해치우고 일상으로 돌아왔다. 엄마한테는 잊지 못할 추억의 한 페이지가 되었다.

몇 년 후, 같은 회사 소속인 세월호는 대한민국의 슬픔이 되었다. 누가 알았으랴, 누구한테는 추억이 되고, 누군가에게는 가슴 아픈 기억이 될 줄을…

여행은 돌아오기 위해 떠나는 거다.

기우제

올해 여름은 비가 유난히도 자주 왔다. 남도 아랫녘에서는 가물어서 난리인데, 서울은 수시로 국지성 호우가 지나갔다. 골고루 오면 좋으련만 필요한 곳에는 부족하고, 또 다른 곳은 넘쳐서 피해를 주곤 한다.

옛날 왕들은 비가 안 와서 가뭄이 든 것도 자신의 부덕의 소치로 여겨 기우제를 지냈다. 기우제를 지내면 어김없이 비가 오곤 했다는데, 비가 올 때까지 몇날 며칠이고 지냈을 거라 생각된다.

어렸을 적 어머니는 '하늘에서 비가 오면 돈이 떨어진다고 생각하라'고 하셨다. 그러시면서 '비가 오면 부지런한 놈은 농사짓기 좋고, 게으른 놈은 놀기 좋다' 하셨다. 물이 부족하면 농사짓기 힘든 것을 아시고, 농부의 마음을 늘 걱정하셨다.

밥 한 알이라도 남기면, '일미칠근'이라며 쌀 한 톨에 농부의 땀이 일곱 근이 들어 있다고 말씀하신다. 벼는 햇살에만 익는 것이 아니라, 농부의 발자국 소리를 듣고도 익는다고도 했다.

허드렛물 하나도 허투루 버리지 않으시고, 청소라도 하고 버리셨다. 우리나라가 물 부족 국가인 걸 아셨나 보다. 물 아껴 쓰라는 말을 하도 많이 들어서 나도 모르게 내 아이들한테 잔소리 하고 있는 걸 문득문득 느낀다. 샤워도 5분 안에 끝내라고 그렇게 말해도 군대 가기 전이나 제대하고 나서도 똑같다. 수도꼭지에 타이머를 달아서 5분이 지나면 물이 안 나오게 하는 방법은 없을까?

물질이 너무 풍부한 시대에 살고 있다. 나 어렸을 적 엄마한테서 들은 제일 무서운 말은, 죽어서 지옥에 가면 생전에 내가 사용한 물을 다 마시게 한다는 말이었다. 그러면 나는 지옥에 안 가면 된다고 말대구를 하곤 했는데, 물을 아껴 쓰게 하려는 어른들의 엄포였던 것 같다.

아무튼 물이 반나절만 안 나와도 할 수 있는 게 아무것도 없다. 세수나 청소는 물론 음식도 못하고, 물 안 나오는 화장실을 상상해 보면 금방 답이 나온다. 물은 대체재가 없다. 대신 재활용해서 쓸 수 있다.

우리가 살아가는 데 꼭 필요한 물이나 공기는 하늘이 주신 공짜라는 걸 잊지 말고 살자. 눈에 보이는 물건에 집착하지 말고, 생명과 직결되는 것에 관심을 갖자. 우리는 고작 백 년 남짓 사는 순례자임을….

Stage2

　나랑 한집에 같이 사는 남자는 테니스 마니아다. 주말에는 거의 집에
없다. 오전에 테니스장에 가면 하루 종일 놀고 저녁 먹고 술도 한잔 걸
치고 들어온다.

　신혼 때는 가끔 따라 다녔는데, 시어른들 눈치가 보여서 그만두었
다. 아이들이 어리고 학교에 다니기 시작하고부터는 더 바빠져서 내가
테니스 친다는 건 생각도 못했다. 주말에라도 아이들과 놀아 주면 좋
으련만 혼자 테니스 가방 메고 나가 버린다.

　아들 둘 자전거 타는 것도, 인라인 스케이트 타는 것도, 내가 따라
다니며 가르쳤다. 초등학교 바로 앞에 살았는데도 아들들과 축구 한번
농구 한번 한 적이 없다. 그러다 보니 슬슬 부아가 나서 내가 할 수 있
는 게 기우제였다. 주말마다 펑펑 비나 오라고 기도했다. 그때는 정말
복수하는 심정으로 간절히 바랐다.
　그런데 못된 기도는 잘 안 들어 주시나 보다. 게다가 어쩌다 주말에
비가 와서 집에 있는 날이면 아침 점심 저녁까지 삼시세끼를 다 차려야
했다. 요즘 말로 세끼 다 먹는 남자를 뭐라 하더만, 남자 셋 뒤치다꺼

리에 손에 물이 마를 새가 없었다.

그러다 그러다 세월이 흘러 아이들이 중·고등학생이 되고 나니 시간 여유가 조금 생겼다. 남편 손에 이끌려 실내테니스장에 일주일에 두 번 레슨을 신청했다. 그런데 이놈의 코치는 비도 안 오는 실내인데 레슨을 툭하면 빼먹는다. 결국 몇 달 배우다가 때려치웠다. 테니스 치는 분들은 아시겠지만, 테니스라는 게 시간이 많이 필요한 운동이다.

그렇게 찔끔찔끔 배운 게 5~6년 되니, 이제는 게임도 하고 테니스의 매력에 푹 빠졌다. 이제는 주말에 비가 올까 봐 걱정이다. 좋아하던 등산도 접고, 수영도 안 하고 오직 주말이면 테니스 칠 생각만 한다.

혹시 하늘에 계신 분께서 내가 옛날에 기우제 지낸 걸 기억하시면 어쩌나 걱정도 된다. 사람 마음이 이렇게 간사하다. 당사자가 되어 보지 않고는 모르는구나. 그래서 기우제 제목이 바뀌었다. 필요한 곳에 알맞게 내리기를….

: 달을 삼킨 바다

대청봉

우리나이로 큰아이가 8살, 작은애가 5살 때, 날짜도 1월 31일. 무모한 부모들이 있었다. 그때는 애들 아빠가 산에 다니기 시작한 지 얼마 안 되는 초보 등산가였다. 산악회 사람들과 무박으로 설악산 대청봉 가는 길에 올랐다.

토요일 밤 10시경 출발한 관광버스는 밤새 달려 한계령 휴게소쯤에서 잠시 멈춰 서고, 다들 내리기에 따라 내렸다. 새벽의 찬 공기와 겨울 산의 스산함이 뼛속까지 파고든다. 한쪽 옆에서는 그사이에 물을 끓여서 사발면 하나씩 먹으라고 나눠 주었다. 자다가 잠이 깬 두 애들은 그래도 사발면 국물이 맛있는지 홀짝홀짝 들이마신다.

다시 차에 올라 얼마쯤 가더니, 장비를 챙겨서 내리라고 한다. 이제부터 본격적인 산행이 시작되는 모양이다. 새벽 4시경, 모자에 달린 랜턴 불빛을 따라 어둠 속의 산행이 시작되었다.

얼마 안 가 오르막길이 시작되고, 발목 위까지 눈이 푹푹 들어간다.

어른 발목 위면 아이들은 무릎까지 찬다는 걸 미처 생각지 못했다. 작은애가 울기 시작하자 산악회 회원 중 한 분이 자기 배낭을 앞으로 메고 아이를 업고 가기 시작했다. 그 상태로 오래가지는 못하기에 두세 사람이 서로 번갈아 업고 올라갔다.

큰애는 그때까지도 아무 말 없이 잘 따라와 주었다. 작은애도 몸이 좀 풀렸는지 새벽 눈길을 씩씩하게 잘도 걷는다. 아무리 그래도 아이 둘을 데리고 가다 보니 일행들과 뒤처질 수밖에 없었고, 누가 누군지 모르는 산행길에 뒤서거니 앞서거니 했다.

그러던 중 어느 일행분인지 남자 두 분이 우리 가족 보고 잠깐 멈추라고 했다. 그대로 가면 아이들 모두 발에 동상 걸려 고생한다는 거다. 바위 한쪽에 우리 애들을 앉히고는 랜턴을 비추더니 혀를 끌끌 찼다. 무박 야간 산행에, 그것도 눈 온 겨울 산을 스패츠 하나 제대로 안 차고 아이들을 데리고 오는 부모들이 어디 있냐며 애들 다 죽이고 싶으냐고 호통을 쳤다.

아이들 신발을 벗겨 보니 이미 눈이 한가득 들어가서 양말은 다 젖어 있고, 발은 꽁꽁 얼어 있었다. 애들은 춥고 힘든 상황에서 발이 언 줄도 모르고 무아지경 따라왔나 보다.

: 달을 삼킨 바다

아저씨 두 분이 아이들 양말 새것이 있으면 달라고 하더니, 아이들 발을 손으로 마구 문질러 녹였다. 그리고 새 양말을 신기고 눈에 젖은 운동화를 털어낸 후 (심지어 등산화도 아니었음) 운동화 겉에 비닐을 씌우더니, 비닐을 종아리까지 감싸고 그 위에 테이프로 칭칭 감았다. 남편과 나는 어쩔 줄 모르고 그저 고맙다는 인사만 했다.

어느 산악회 누군지도 모른 채 그분들은 떠나고, 우리는 어슴푸레 밝아 오는 소청을 향해 한 걸음 한 걸음 내딛었다. 다른 분들은 중청 산장에서 해돋이를 보기로 했기 때문에 거의 다 올라갔고, 우리 가족과 몇몇만 소청 바위 위에서 해돋이를 보았다.

매일 떠오르는 이 해가 뭐라고 음력으로 새해 해돋이 산행을 왔다가 식구 모두가 생고생을 하였다. 중청 산장에서 몸도 녹이고 식사도 좀 했더니 아이들은 기운이 나는 모양이다. 대청봉을 향해 올라갔다. 대청에 오르니 여기저기서 인사를 해 주었다. 아들 둘도 대단하다고 칭찬을 들으니 신나했다.

내리막 가파른 곳에선 작은애는 젊은 형들 등에도 업히고, 두 팔에도 안기면서 내려갔다. 내리막 중간쯤 왔을까, 이번에는 큰애가 발이 풀렸는지 넘어지기도 하고 시원찮다. 그 먼 길을 걸었으니…. 그래도 업

히진 않겠다고 한다.

한계령 휴게소에서 서부 능선을 타고 오색약수로 내려오는 무박산행은 꼬박 13시간이 걸렸다. 사고 없이 무사히 내려온 것도 기적이고, 그 새벽에 이름 모를 아저씨들도 구세주였다. 무모하고 무지했던 우리 부부는 가슴을 쓸어내렸다.

주차장으로 내려가는 아스팔트길이 나왔다. 애들 발에 씌웠던 비닐은 바닥이 다 찢어져 테이프 감긴 부분만 남아 있었고, 애들 아빠 등산화는 오른쪽 바닥이 반쯤 떨어져 너덜너덜했다. 그걸 보고 아이들은 그새 힘든 것도 잊었는지, 웃긴다고 깔깔댄다.

그 이후로도 무모한 아빠는 백두대간 지리산 줄기 여기저기를 아이들을 끌고 다녔다. 그리고는 안나푸르나 트레킹 코스를 8박 9일 다녀오더니, 무릎 연골이 닳았다며 이제는 살살 다닌다고 한다.

대청봉에서 찍은 앨범 속 빛바랜 사진만이 그날 있었던 일을 기억해 준다.

울릉도 기행

　초등학교 6학년, 3학년 두 아들을 데리고 무작정 떠났다. 추석 명절을 앞두고 남편과 한바탕 싸운 후였다. 생각 같아서는 혼자 어디론가 떠나고 싶었는데 그러기에는 간이 크질 못했다. 그래도 큰 용기를 내어서 두 아들을 보디가드 삼아 간단히 짐을 꾸렸다. 폴더폰 시절, 집에는 간단히 메모만 남긴 채….

　밤 10시경 종로에서 묵호항 가는 관광버스를 탔다. 차를 타자마자 아이들은 꿈속으로 가 버리고, 어두워서 보이지도 않는 애꿎은 창밖만 바라다본다. 왜 자꾸 싸우게 되는지, 싸우면 또 가슴에 서늘함이 지나가곤 한다. 뭔가 해결되지 않고 풀리지 않는 원초적인 감정이 남아 있어서일까? 흔히 성격 차이라는 것도 결국은 서로 양보하지 않고 배려하지 않아서 그런 건 아닌지….

Day 1

　이런저런 상념 속에 나도 잠이 들고, 깨어 보니 추암 촛대바위란다. 여름의 끝자락이라도 9월 초라 그런지 새벽 바다 공기는 싸늘했다. 아침 8시, 묵호항에서 울릉도 가는 배에 올랐다. '울렁울렁 울렁대는 가슴 안고'라는 노래처럼 뱃멀미가 걱정이 되었다. 다행히 큰 배라 멀미 기운이 몰려오기 전에 도착했다.

아이들도 나도 생전 처음 와 본 곳이라는 설렘에 배를 타고 온 피곤함은 멀리 가 버렸다. 도동항은 오징어들이 소풍 나온 듯 줄을 지어 해바라기를 하고 있고, 비릿한 바다 냄새가 섬 전체를 감싸듯 김이 서려 있었다.

접이식 자전거를 갖고 와서 울릉도 일주를 하려는 외국 젊은이가 많은 것도 특이했다. 나도 내나라 이 땅을 처음 오는데, 먼 타국에 와서 이곳 울릉도까지 찾아온다는 게 신기하기만 했다.

울릉도 나물 반찬 그득한 맛있는 한 상을 뚝딱 해치우고, 해안가를 따라 섬 일주를 했다. 지도에서 보면 동쪽 끝에 와 있는 게 실감이 나질 않는다. 울퉁불퉁 바위투성이 바다와 거센 바람을 뒤로하고, 내일 있을 독도 여행을 위해 힘을 비축하기로 하였다

Day 2

이튿날 아침, 드디어 독도에 간다는 기대감에 아침부터 서둘렀다.

어제 울릉도 들어올 때 탔던 배보다는 많이 작았지만 그런대로 멋지고 큰 배다. 울릉도에서 1시간 50분 정도 가야 한단다. 보기에는 금방 닿을 듯 보이는데 바닷길은 알 수가 없다.

우리의 기대는 배를 타고 출발한 지 10분 만에 철저히 무너져 버렸다. 바람을 안고 가는 역풍인데다 파도가 높아 뱃멀미가 시작되었다. 20여 분이나 탔을까, 어제 먹은 밥까지 다 확인하고 그대로 배 바닥에 주저앉고 말았다.

초등학생 둘을 데리고 간 엄마는 아이들을 돌볼 경황이 없었다. 정말 죽을것 같았다. 태어나서 이런 고통은 처음이지 싶다. 아이들도 기둥 하나씩 붙잡고 얼굴이 허연 채로 제정신이 아닌 듯 보였다.

더욱 나를 기막히게 한 건 이런 상태로 1시간 이상을 더 가야 하고, 또 그만큼을 돌아와야만 한다는 사실이다. 갑자기 며칠 전 한바탕 한 남편 얼굴이 떠올랐다. 말도 안 하고 쪽지 하나 달랑 써 넣고 왔는데…. 그 짧은 순간에도 별의별 생각이 다 들었다.

그러기를 몇 분이나 지났을까, 갑자기 안내방송이 나왔다. 독도 쪽 풍랑이 너무 세서 접안을 못하기 때문에 돌아간다는 방송이었다. 처음에는 잘 못 알아들어서 옆에 서 계신 아저씨한테 다시 여쭤 보았다. 독도항구에서 돌아가라는 연락을 받고 배를 돌린다고 한다. 그 말이 얼마나 반갑던지…. 아니, 고마웠다. 여행이고 뭐고 일단 사람이 살고 봐야지, 원!

우리 세 모자가 불쌍했던지 아저씨가 한마디 더 하신다. 배 돌리면 멀미가 괜찮아질 거라고. 크게 돌아 회항을 한 배는 뒤에서 밀어주는 바람을 업고 갔다. 진짜 거짓말처럼 토할 것 같은 메스꺼움은 사라지더니 이제야 살 것 같았다.

배 의자에도 못 앉고 바닥에 주저앉았다가 배 난간으로 나왔다. 저 멀리 우리가 어제 도착했던 도동항이 보인다. 육지가 있다는 게 이렇게 행복할 수가 없었다. 배에서 내리는데 뱃삯을 돌려주었다.

아이들과 상의 후 산에 오르기로 했다. 산이라면 어려서부터 하도 데리고 다녀서 애들도 이골이 나 있다. 돌려받은 뱃삯으로 택시를 탔다. 참, 여기는 택시가 갤로퍼나 렉스턴 같은 RV차량이다.

성인봉 입구까지는 택시를 타고 드디어 산행 시작. 땀 흘리며 산에 오르니 얼마 전 죽을 것 같았던 뱃멀미는 어디론가 사라져 버리고, 물

안개 낀 숲길을 걸으니 발걸음도 가벼워 날아가는 듯했다.

그렇게 천천히 한 시간가량 올라 울릉도 성인봉에서 인증샷을 남겼다. 이제 얼른 내려가서 늦은 점심 먹어야지. 반나절 만에 지옥과 천국을 왔다 갔다 했다.

사람 마음이란 게 참 간사하다. 잠깐 전의 고통은 어디로 가고 어제 먹었던 나물반찬 가득한 향내음이 그립다. 점심 먹고 오후는 그렇게 여기저기 구경하며 빈둥빈둥 돌아다녔다.

Day 3

울릉도에서 3일째 날. 섬 곳곳을 둘러보는 미니버스 패키지가 있단다. 학교 다닐 때 배웠던 나리분지랑 너와집 등을 구경할 수 있었다. 울릉도가 생각보다 큰 섬이다. 섬 일주를 하고 숙소가 있는 바닷가 쪽까지는 계속 내리막이다. 내려가면서 길 양쪽에 조그만 가게들을 구경하는 재미가 쏠쏠하다. 울릉도에서 3일을 그렇게 보내고 오후 배로 돌아간다.

저녁 5시, 도동항에서 거꾸로 묵호항으로 배가 출발했다. 출발한 지얼마 안 되어 바다 한가운데로 나온 배는 사방을 둘러봐도 온통 바다뿐

: 달을 삼킨 바다

이다. 바다 한가운데가 아니라 세상 한가운데, 우주 한가운데 와 있는 기분이다. 살짝 두려움이 엄습해 왔다. 뱃사람들이 참 대단한 일을 하는 거구나 생각이 들 즈음, 바다가 빠알갛게 물들기 시작했다. 해가 지기 시작하면서 석양이 바다에 빠진 것이다.

'아참, 우리가 동쪽에서 서쪽으로 가고 있었지! 그래서 오후 늦게 배가 출발하는구나!'

바다는 온통 불바다가 되었다. 수평선 위에 올라앉은 듯한 해는 정말 표현하기 어려울 정도로 장관이다. 하늘이, 자연이, 힘든 일을 하는 뱃사람들한테만 특별히 내리는 선물인 것 같다. 이 모습을 못 보고 배 안에서 잠이 들었다면 얼마나 억울했을까?

숨 막히듯 펼쳐지는 형형색색의 노을 앞에 너무나 아름다워 눈물이 다 날 지경이다. 검푸른 바다 위에 빨간빛, 주황색, 노란색 카드 섹션을 펼치더니, 이내 수줍은 새색시처럼 얼굴을 떨구어 버리고 만다. 그러고도 한참을 하늘은 여운을 남기느라 그런지 옆으로 더 긴 붉은 그림자를 남겼다.

세 모자의 일탈은 석양으로 인해 가슴 한구석이 뿌듯했다. 비록 독도는 가 보지 못했지만 배를 타고 고생한 일이랑 구석구석 흘리고 온 추억들로 인해 몇 해 동안 두고두고 애깃거리가 생겼다.

　애들아! 배 타러 갈까?

쓰촨성

　2008년은 쓰촨성 문천이란 곳에 대지진이 일어난 해이다. 큰 나무가 많지 않은 고산지대이다 보니 더 피해가 컸던 것으로 기억된다.

　그로부터 4년 후 그곳에 갔을 때, 당시 지진의 상처가 여전히 남아 있었다. 대지진으로 인해 민심이 흉흉했던 그해, 당시 중3이던 큰애가 혼자 난징에서 베이징까지 12시간 넘게 기차를 타고 고등학교 입학시험을 치르러 간 해이다.

　중국어라고는 10개월 정도 하이난 중학교에서 배운 게 전부인데, 고등학교는 베이징으로 가겠다고 혼자 기차표를 끊어서 갔다. 지진으로 집을 잃고 터전을 잃은 중국본토의 농민공들이 도시로 일자리를 구하겠다고 몰려들어 민심이 흉흉하던 시기였다.

　중국의 기차에는 침대칸이 있다. 비싼 좌석은 아니지만 그래도 2층 침대가 있는 좌석을 구해서 갔는데, 밤새도록 얼마나 떠드는지 잠 한숨도 못 잤다고 한다. 심지어 기차 바닥은 물론 의자 아래까지 사람들이 누워 있어 화장실도 못 갔단다. 내 자리인데도 일어나면 뺏겨 버릴 것만 같아 밤새 그렇게 시달리면서 갔단다.

그 정성 때문이었는지, 베이징에서 고등학교를 다니고 대학교에 진학했다. 그러더니 혼자 쓰촨성 청두를 여행한다고 한다. 2008년 생각이 나서 혼자는 안 된다고 극구 말리다가 내가 베이징으로 날아갔다. (아들놈들은 절대 엄마 말을 안 듣는다. 애비나 아들이나, 자기들 하고 싶은 대로 한다.)

Day 1

베이징 공항에서 만나 국내선 항공기를 이용해 청두로 갔다. 청두 공항은 우리나라 시외버스 터미널을 생각하면 된다. 베이징에서 출발할 때 비행기가 장장 세 시간을 연착했다. 처음에 한두 시간은 안내 방송도 안 하더니 자기들도 미안했는지 빵이랑 음료수 등 먹을 것을 갖다준다. 젠장, 세 시간이면 벌써 청두에 도착할 시간이다.

그렇게 반나절을 다 잡아먹고서야 쓰촨성 수도 청두에서의 첫날밤이 시작되었다. 게스트하우스에 짐을 풀고 허기진 배를 채우러 저녁 느지막이 나섰다. 거리에는 사람들이 얼마나 많은지 걷기도 힘들 정도이다. 여름이라 더우니까 나왔다고 해도 이건 사람이 많아도 너무 많다.

속된 얘기로 누구 하나 죽어도 모르겠다.

역시 내가 잘 따라왔다는 생각이다. 내가 누구인가? 자식 일이라면 물불 안 가리는 대한민국 아줌마 아닌가? 그런데 이 동네 배불뚝이 아저씨들은 왜 웃통을 벗고 다니는지 모르겠다. 어쨌든 그래도 중국어를 구사하는 아들을 앞세워 정통 사천샤브샤브 요리를 맛볼 수 있었다. 내일은 여기 국내 여행사를 통해 구채구 여행을 하기로 한 날이다. 가는 데만 버스로 꼬박 12시간 이상 걸린다고 한다.

Day 2

아침 7시 관광버스에 올랐다. 우리 둘 외에는 모두 중국인이 관광객이다. 우리 두 모자가 얼핏 봐도 한국인 같았는지, 지네들끼리 수군댄다. 아들 또래의 젊은 아가씨가 가이드이다. 나는 못 알아듣지만 어찌나 열심히 쉬지 않고 설명하는지 안쓰럽기까지 했다. 그렇게 시끌벅적 12시간을 달려 우리가 묵을 숙소에 도착했다.

숙소가 있는 동네는 원주민인 장족이 사는 동네란다. 티베트 가까운 쪽이라 그런가, 본토 중국인들과 생김새도 약간 다르다. 저녁식사라고 나온 것이 야크 젖으로 만든 차와 말라비틀어진 양고기다. 나도 먹성이 좋아 어지간하면 잘 먹는데 고기가 냄새는 그렇다 치고 씹어지지가 않았다.

자기네 풍습이라며 하얀 목도리 같은 긴 천을 목에 하나씩 걸어 준다. 엄홍길 대장이 히말라야 등반할 때 산신령께 제사지내며 사용하던 것과 비슷했다. 노래와 춤과 장기자랑 구경을 하고 돌아가며 자기소개를 하란다. 우리는 대표로 아들이 인사하고, 역시나 한국인이라는 이유로 아리랑 노래도 불렀다. 엄마와 아들이 이 척박한 곳으로 여행 온 것이 신기한 모양이다

장시간 버스에 시달린 지친 몸에 부실한 먹거리까지, 어서 들어가 잤으면 좋겠다는 생각으로 숙소에 들어섰으나, 배고파서 잠이 안 온다. 여행가방에서 매운 고추참치를 꺼내 맛있게 먹었다. 이것마저 가져오지 않았으면 눈물 날 뻔했다.

Day 3

다음 날 구채구 가는 길. 풀도 나무도 없는 척박한 고산지대다. 평균 해발고도가 3천 미터가 넘는 곳에 또 하나의 나라가 있다. 그것도 어마어마하게 큰 나라다. 3,500미터쯤에서 잠깐 쉬었다 갔다. 가이드가 고산병에 좋은 약이라고 소개해서 하나씩 사 먹었다. 휴대용 산소통도 하나씩 샀다.

산 몇 개를 크게 돌아 도착한 입구는 인산인해를 이루고 있었다. 매

표소 입구마다 줄을 얼마나 늘어섰는지, 오늘 안에 구경이나 다 할 수 있을까 걱정이 됐다. 그래도 재치 있는 가이드 덕에 입장은 어찌어찌 빨리 할 수 있었다. 구채구 안에서만 운행하는 버스를 타도 되고 걸어가도 된다. 자유 여행이다. 그냥 걸어가기에는 너무 힘들 것 같아 버스 타고 중간중간 내려서 구경하기로 했다.

구채구 전체가 세계 자연 문화유산이 될 만하다. 호수마다 물 빛깔이 다르고 성분도 다르다. 어디서 그렇게 흘러나오는지 힘차게 내려오는 폭포수도 장관이고, 태고의 신비를 간직한 듯 신비로운 호수도 있다. 그렇게 자연의 경이로움에 감탄하며 구경하다 보니 숨이 점점 더 가빠진다.

이정표를 보니 조금 더 가면 꼭대기에 '장해'라는 큰 호수가 있단다. '여기까지 왔는데 가야지' 했지만 계단 몇 개 오르는 게 장난이 아니었다. 가슴이 터져 버릴 것 같았다. 휴대용 산소통도 있었지만 소용이 없었다. 간신히 올라가니 호수라고 하기에는 너무 커서 장해라고 '바다 해(海)'자를 붙였나 보다.

해발 4,300미터다. 눈도장만 찍고 걸음아 나 살려라 하듯 부리나케 내려갔다. 가만 생각해 보니 한라산이 1,950미터, 백두산이 2,774미터라 했나? 가물가물 생각이 안 난다. 암튼 난 오늘 엄청난 일을 한 거다.

 다행히 내려오는 길은 조금 수월해서 연신 감탄사를 연발하며 내려 왔다. 우리가 묵었던 호텔도 3,500미터에 있다. 하루 종일 먹은 거라 곤 굴러다니는 밥알에 참치캔 통조림뿐이다. 내일은 황룡이라는 곳 에 간다.

Day 4

 황룡 가는 길은 나라 하나를 거쳐서 가는 것 같다. 멀어도 너무 멀 다. 어제 구채구 여행으로 몸 상태가 안 좋은 데다 버스 멀미까지 더해 져 차를 타고 얼마 못 가서 벌써 죽을 맛이다. 더구나 이 길을 다시 넘 어와야 한단다.

 황룡에 도착해서는 2시간가량 산행을 했다. 경치 구경할 여유도 없 이 돌아갈 걱정에 정신이 아득해진다. 몇 년 전 독도 갈 때 죽을 뻔한 기억이 떠올랐다. 독도 이후로 배는 타지 않기로 했는데, 다시는 높은 산도 오지 말아야겠다는 다짐이다.

 같이 여행한 가이드도 멀미하고 중국인들도 심상치 않아 버스가 길

가 도로에 여러 번 정차했다. 버스에서 내려 땅바닥에 쭈그리고 앉아 흙냄새를 맡았다. 비몽사몽 잠들면 잠깐 괜찮았다가 잠이 깨면 멀미기운과 함께 머리가 깨질듯이 아팠다. 손수건을 돌돌 말아 이마에 둘러 대고 있는 힘껏 묶었다.

그렇게 어떻게든 살아 숙소에 도착했다. 2층 숙소도 올라가기 힘들어 문을 열자마자 낙법 하듯이 침대 위로 쓰러져 버렸다. 한참 지나 내 심장이 정상 궤도로 온 다음에 일어나 보니, 여행가방 지퍼가 터져서 옆구리로 물건들이 삐져나와 있다. 바람막이로 가져온 얇은 오리털 점퍼가 부풀어서 부피를 못 견디고 터져 버린 것이다. 일회용 김치팩, 김, 쌀과자, 선크림 튜브까지… 공기가 들어 있는 것은 모두 부풀어 있었다.

나중에 알게 된 일이지만, 내 얼굴도 엄청 부풀어 있었다. 내일은 또 12시간 버스를 타고 청두 시내로 돌아간다.

Day 5

구채구 가는 길도 하룻길, 오는 길도 하룻길. 오늘은 내 배를 채운 게 없다. 저녁때가 다 되어서야 우린 다시 청두의 게스트하우스로 돌아왔다. 시내로 먹을 것을 구하러 나가기로 했다. 그리고 보니 4일 동안 제대로 먹은 게 없었다.

시내를 걷다가 KFC치킨이 보였다. 어찌나 반갑던지 모험이 필요 없는 익숙한 맛이다. 치킨에 햄버거에 맛있게 먹고 맥주도 한 잔씩 들이켰다. 내일은 유비가 있는 사당과 시내를 둘러볼 생각이다.

Day 6

청두 시내에 엄청난 크기의 서점이 있다. 이것저것 들추어보고 있는데 여행했던 가이드에게서 연락이 왔다. 이것도 인연인데 점심을 사준다고 한다. 우리 아들보다 두 살 많은 23살이다. 중국은 원래 1자녀밖에 못 낳는데 자기 부모님들은 벌금을 감수하고 둘째인 자기를 낳았단다.

우리나라 일반 직장인의 평균 연봉에 가까운 돈을 벌금으로 내서, 자기는 돈을 많이 벌어야 한다고 한다. 어제 구채구 황룡 그 지옥에서 돌아왔는데 내일 그곳을 또 간다니 정말 대단하다. 또래라 그런지 아들과 이런저런 얘기를 주고받고 서울에 오면 만나자고 연락처를 주었다. 열심히 사는 젊은 청춘을 보니 가슴이 뜨거워진다.

오후에 가기로 한 낙산 대불은 뜻밖의 손님한테 시간을 내어주느라 다음에 오기로 하고, 쓰촨성 여행은 여기까지 하기로 했다. 다음에 와도 고산지대는 절대로 안 갈 거다.

　청두 공항에서 다시 북경행 비행기를 기다리며 '설마 또 세 시간 연착이야 하겠어?' 하며 에스프레소 커피 한 잔을 시켰다. 쌉쌀한 커피향이 입안을 맴돈다. 울 아들은 의자에서 벌써 잠이 들어 버렸다. 나른한 피곤함이 싫지 않은 오후에 ….

익숙함과의 이별

 엊그제 EBS에서 방영한 〈그랜토리노〉라는 영화를 보았다. 일주일 바쁘게 살고 토요일 늦은 밤 혼자 영화 보는 시간은 오로지 나 자신으로의 여행이다. 클린트 이스트우드의 투박한 듯 깊이 있는 내면의 연기는 진한 여운을 남긴다.

한적한 시골 동네, 아내가 죽고 홀로된 주인공은 한국전에서 살아남은 참전 용사이기도 하다. 한 채 남은 집마저 팔아서 어떻게 해 보려는 아들과 딸은 아버지를 요양원으로 보내고 싶어 한다. 이웃에 하나씩 둘씩 이사 오기 시작한 동양인 몽족들. 어느새 동네는 그들 차지가 되고, 이웃집 선량한 남매는 동네 불량배들의 타깃이 된다.

　　어려움에 처한 그들 남매를 몇 번 도와준 주인공은 주민들의 영웅이 되고 차츰 이웃이 되어 간다. 그러던 중 타오라는 남동생은 불량배들에게 주인공 영감님의 그랜토리노 자동차를 훔쳐오라는 협박을 받지만 실패하게 되고, 그 일을 계기로 주인공과 타오는 서로를 알아 가는 친구가 된다.

　　타오가 뜻대로 안 되자 불량배들은 타오의 누나를 납치해 폭행하고 성추행한다. 이에 분노한 타오의 가족과 주인공은 복수를 결심하지만, 같은 동족이라고 신고를 하지 않는 주민들 때문에 경찰도 어찌하지 못하고 돌아가고 만다.

　　타오는 주인공과 둘이서라도 복수하러 가자고 하지만, 주인공은 타오를 유인해 지하 창고에 가두고 홀로 복수를 하러 떠난다. 주인공은 타오가 복수를 하기엔 너무 어리고 그렇게 인생을 망쳐 버릴 수 없다고 생각한 것이다.

불량배들이 있는 집으로 홀로 찾아간 주인공은 그들을 설득해 보지만 통하지 않는다. 주변 주민들은 창문 너머로 이 모습을 숨죽여 지켜보고 있다. 담배를 물고 라이터를 꺼내려던 찰나, 총을 꺼내는 걸로 오해한 불량배들은 주인공을 향해 총을 난사한다.

과거의 잘못에 대한 회한과 병을 얻어 자신의 삶이 얼마 남지 않음을 알고 있는 주인공은 본인을 희생함으로써 자신도 살리고 이웃도 살리고 어렵게 얻은 젊은 친구도 살릴 수 있었다. 그리고 남은 재산 전부는 아내가 정성을 다했던 교회에 헌납하고, 동네 불량배들이 탐내던 그랜토리노 자동차는 타오에게 준다는 유언장을 써 놓았다.

가족이란 무엇인가? 삶을 지탱하게 하는 원동력이다. 하지만 살다 보면 가장 가까운 사람한테서 상처를 받는다. 상처를 받는다는 것은 그만큼 부대끼고 관계를 주고받으며 살아서일까?

나이 듦이란 무엇인지…. 나이가 들면 추억으로 산다고 한다. 그래서 좋은 기억, 행복한 추억을 많이 만들어야 한다. 또 나이가 들면 이별 연습을 해야 한다. 익숙하고 편안한 공간들, 손때가 묻은 책들과 사진첩들, 가까웠던 사람들과의 소원함을 견딜 수 있어야 한다.

하지만 지금의 나는 질투하고 교만하고 아직도 감정이 이성보다 앞설 때가 많다. 더 가슴이 아프기 전에 하나씩 둘씩 내려놓아야 한다. 나이가 든다고 다 어른이 되는 것은 아닌 것 같다. 지혜롭지 못한 노년은 추하고 외로워진다.

오늘은 왠지 거울을 보기가 두려워진다. 평정심을 잃지 말고 온화한 모습으로 늙고 싶다.

주님, 저에게 평화를 주소서.

햄버거 먹고 싶어요

길거리 어디서나 쉽게 먹을 수 있는 게 햄버거인데요. 햄버거에 얽힌 재미있는 사연 하나 소개해 드릴게요.

20살 21살 즈음, 대한민국 대부분 아들들은 군대에 가는데요. 자대에 배치받기 전까지는 훈련병이지요. 저는 아들만 둘입니다. 작은아들은 휴학하고 놀다가 군대 영장이 나오는 바람에 바로 전방으로 입대했고요. 큰아들은 졸업하고 가느라 25살에 입대했습니다.

작년까지만 해도 대학 가기보다 군대 가기가 힘들다고 할 정도였는데, 컴퓨터 속도가 빠른 동네 pc방에 가서 접속하여 신청한 지 3일 만에 입대했습니다. 철원6사단 청성부대인데요. 저를 닮아서 그런지 유난히 추위를 많이 타는 아들이 걱정되었지요. 유월 말 입대해서 뜨거운 여름을 훈련소에서 보냈습니다.

훈련병 기간에는 집으로 연락도 할 수 없고, 자유롭게 사회생활을 하다가 군대라는 조직에서 적응하려니 고되고 힘들 수밖에 없겠지요. 그래서 그런지 평소에 종교에 관심이 없던 장병들도 군대 기간 동안 주말이면 종교 활동에 많은 관심을 가지게 됩니다.

제 아들들은 모태 신앙이라 좋든 싫든 천주교에 다니곤 했는데, 군대 있는 동안 절에도 가 보고 교회도 가 보고 했답니다. 그러면서 하는 말이 "엄마, 절에 가면 아이스커피가 무한 리필이고 노래방 기계도 있고, 교회에 가면 햄버거 세트에 피자 치킨도 줘. 그런데 성당은 초코파이랑 요구르트밖에 안 준다."는 것입니다.

물론 꼭 장병들이 먹을거리 때문에 교회에 가고 절에 가는 건 아니겠지만, 그런 말을 들으니 속상했습니다. 아들이 입대한 지 한 달 정도 되었을까요. 주말에 군부대로 봉사 나오시는 자매님한테서 조심스레 문자가 왔습니다. 2주 후 장병들 세례식이 있는데 그때만이라도 햄버거 세트를 간식으로 해 주고 싶다고, 혹시 조금이라도 후원이 가능한지 연락이 왔습니다.

그 자매님은 군부대마다 봉사 다니시면서 사단과 성당을 자매결연 맺어 주는 가교 역할도 하시곤 하는 분입니다. 정기적인 후원이면 더 좋겠지만, 세례식 당일만이라도 장병들한테 맛있는 것을 먹게 해 주고 싶은 마음이 얼마나 고마운지요. 저 혼자 후원하려다가 저희 성가대

단장님께 의논했더니 십시일반 같이하자고 하더군요.

몇 번을 망설이다 공동 메신저에 자매님이 저에게 보낸 글을 실었습니다. 그래서 모은 돈이 일주일 만에 120여 만 원이 되었지요. 자식을 군대에 보낸 어머님의 마음으로, 성당은 초코파이만 준다니 신자로서 미안한 마음으로, 더운 여름 훈련받는 우리 장병들을 위해 정성으로 모았습니다. 그 돈을 청성부대를 관할하는 성당으로 보냈습니다. 우리 장병들 300명이 햄버거 세트를 먹을 수 있는 금액입니다.

일요일마다 성당을 찾아 주는 장병들과 세례를 받는 당사자, 그리고 성당도 햄버거 준다고 하면 그날만이라도 찾아 줄 것 같은 장병들. 어쨌든 미리 공지를 하고 다음 주 일요일은 성당으로 오라고 광고 아닌 광고를 했답니다.

드디어 내일 세례식이 있는 날입니다. 그런데 토요일 오후 부대에서 연락이 왔답니다. 노로 바이러스 의심으로 외부 음식 반입 금지라고요. 저도 속상했지만 우리 장병들은 얼마나 서운했을까요. 봉사자 자매님이 너무 미안해하셨습니다. 그게 뭐 개인의 잘못도 아닌데 말입니다.

주문해 놓은 햄버거 세트는 청성 본당 일반 신자들한테 돌아가고, 성당 측에서 다음 주 다시 햄버거 세트로 간식을 준비하겠다고 연락 왔습니다. 그리고 그 주일 목요일 저희 아들은 다른 부대로 자대 배치되어 떠나고, 세례받은 장병들도 각자 위치로 떠났습니다. 햄버거 세트는 그 다음 기수한테 돌아갔고요.

엊그제 지난주는 가톨릭에서 기념하는 군종 주일입니다. 일 년에 한 주 대한민국 군인들을 위해 모은 돈은 내년도 군종후원회 일 년 예산이 된답니다. 꼭 종교적인 관점이 아니더라도 건강한 대한민국의 젊은이들을 위해 많은 후원이 있으면 좋겠습니다.

아울러 산골 오지도 마다 않고 봉사 다니시는 여러 단체 봉사자분들께 머리 숙여 감사드립니다.